나는 오늘부터 말을 하지 않기로 했다

# 나는 오늘부터 말을 하지 않기로 했다

편석환 지음

43일간의 묵언으로 얻은 단순한 삶

시루

절언진여

絶言眞如

'언어로 나타낼 수 없는 참된 세계 자체'

커뮤니케이션 전문가가 묵언 수상집이라니 참으로 역설적이기도 하지만 말을 하기 위해 말문을 닫았다는 것으로 설명이 될지 모르겠다. 묵언을 하면서 얻은 경험을 나누고자 일기처럼 썼던 글과 내 자신과의 대화, 그리고 묵상의 글을 모아 조심스레 이 책을 내놓게 되었다. 부족하지만 이 책이 말이 넘쳐나는 세상에 소리 없는 울림으로 다가서기를 기대한다.

말은 자기 존중에서 시작되어 타인에 대한 존중으로 이어지고 나아가 커뮤니케이션의 궁극적인 목적인 관계에 도달한다. 이 책이 사람들에게 말과 자신, 관계에 대해 다시 한 번 생각하는 계기가 되고, 말 속에서 상처받고 지친 마음에 조금이나마 위안이 되고 쉼이 된다면 더 바랄 나위 없는 큰 기쁨이겠다.

편석환

# 말, 하기를 그만두다

목이 아프다
성대종양이란다.
하늘이 무너지는 것 같다.

목이 아프면서 목소리가 잘 나오지 않게 되었다.
갈라지고 쉰 소리가 나온다.
강의하는 사람이 목소리가 잘 나오지 않으니
나쁜 생각과 공포감이 밀려온다.
어떻게 하지……

학생들이 내 목소리가 이상하단디.
어쩔 수 없이 강의할 때 마이크를 사용했다.
주변 사람들이 감기에 걸렸느냐고
목소리가 왜 그러냐고
한마디씩 한다.
나에게 이렇게 관심이 많았나.
이제 더 미룰 수 없게 되었다.
치료를 받아야겠다.

병원을 다녀왔다.
최대한 말을 하지 않는 것이 제일 좋은 치료법이란다.
강의하는 사람에게 말하지 말라니 참 난감하다.
강의할 때 외에 말을 줄여야겠다.

방학이 시작되었다.
학기를 무사히 마쳤다는 안도감이 밀려온다.
다행이다.
이제 말을 최대한 삼가며 살아야겠다.
목을 살리는 게 급선무다.

거의 한 달 정도 사적인 말은 하지 않고 지냈다.
걱정과는 달리 지낼 만하다.

목이 아파 말하기가 어려워지자
많고 많은 사람 중에 왜 하필 내가 아플까
많고 많은 부위 중에 왜 하필 목일까 하는
원망이 든다.

방학하고 말을 안 하고 지낸 지
벌써 30일쯤 되는 것 같다.
말을 줄이니 불편함보다 좋은 점이 더 많다.
목도 많이 좋아진 느낌이다.

말을 하지 않는 생활에 어느덧 익숙해졌다.
말을 줄이며 얻는 성찰과 기쁨이 생각보다 크다.
아예 말문을 닫으면 어떨까.

그동안 말을 너무 많이 하고 산 건 아닐까?
진짜 말을 하기 위해서라도
말을 그만해야겠다.

# 차례

默言

시작한 날

묵언을 시작하다.
무엇을 해야 할지 모르겠다.

할 일이 없다.

정신없이 바쁘게 달리면서

더 많은 것을 내 것으로 만들어야겠다는 욕심이 생겼다.

그러다 병이 났다.

말을 그만둠으로써

남은 인생을 위해

내면 깊은 곳의 행복을 찾으려고 한다.

우리는 말을 안 해서 후회하기보다
말을 해버려서 후회하는 경우가 많다.


일상의 지루함이 진부하게 다가오고
열정에 녹이 슬어 권태로울 때,
데자뷔 현상을 느끼며 깜짝 놀라곤 한다.
그땐 잠시 숨을 멈추고 하늘을 보자.

默言 2일

산속에 은둔하는 수행자도 아닌 내가
일상생활 속에서 묵언을 지킬 수 있을까?
과연 며칠이나 할 수 있을까?

잡념이 머릿속을 파고든다.

열심히만 산다고 다 좋은 것은 아니다.

자신을 지키며 사는 게 더 중요하다.

오늘이 끝이 아니고,

지금 이 길이 인생의 전부는 아니다.

세상에 탓할 것은 아무것도 없다.

그저 나의 게으름을 탓할 뿐.

오직 내 탓이다.

默言　3일

심심하다.
묵언을 괜히 시작했나보다.

기왕 시작한 거 조금만 더 해볼까?

버리는 삶이

채우는 삶보다 어렵다.

화장실에서 볼일을 봤다.
헐, 휴지가 없다.
묵언 중이니 누구를 부를 수도 없다.
막막하다.


나는 묵언 중이다.

'이제 다 끝났어'라고

생각되어도 끝난 것이 아니다.

끝까지 가봐야 안다.

참 알 수 없는 것이 끝이다.

기왕 시작한 거
조금만
더 해볼까?

默言　4일

묵언을 하면서 평소 자연스럽던 행동도
왠지 모르게 불안하고 불편해진다.
괜히 위축된다.

춥다.

불안함이 몰려오고

그리움이 밀려들고

외로움이 닥쳐도

시간은 지나간다.

시간은 흘러 내 편이 된다.




지하철이나 버스를 타면 너 나 할 것 없이

스마트폰을 보면서 이어폰을 귀에 꽂고 있다.

사람들은 세상과 만나고 싶지 않은가보다.

의도가 좋다고 결과가 다 좋은 것만은 아니다.

아무리 좋은 의도라도 결과에 따라 오해가 생길 수 있다.

백번 좋다가도 한 번의 오해로

서운해하고 상처 입는 것이 사람이지만

때로는 결과보다 의도를 볼 수 있어야 한다.

默言　5 일

갑갑하다.

겨우
숨만
쉬고 있다.

휴식은 온전한 쉼이어야 하는데
요즘에는 쉬는 것도 열심히 한다.
마치 일하듯이 계획을 세우고,
계획대로 안 되면 짜증을 낸다.
그것은 쉼이 아니라 일의 연장이다.

그저 아무 생각 없이 쉬어야 진짜 쉬는 것이다.

말과 생각이 끊어진 곳에서
새로운 삶이 열린다.

默言　6일

가족들이 불편해하기 시작했다.
답답하다고 그냥 말을 하란다.
묵언 시작 후 맞는 첫 번째 위기다.
말을 못하니까 내 의견을 피력할 수도 없고
그저 고개만 가로저었다.

다시 일상으로 돌아왔다.

평소에는 점잖다가 운전대만 잡으면 이상해지는 사람들이 있다. 모든 차를 앞지르려고 하고, 누군가 자신을 앞서면 자학하기도 한다. 이는 모든 면에서 주도권을 쥐고 이기려고 하는 경쟁 사회의 산물이자 우리들의 자화상이다.


호수에 돌을 던져보았다.
낮은 물은 흙탕물이 되지만
깊은 물은 잠시 파장이 일었다가 이내 고요해진다.
작은 물고기들은 놀라 물 표면에서 움직이지만
큰 물고기들은 깊은 물속에서 요동하지 않는다.
살다가 돌을 맞거든
깊은 물처럼, 큰 물고기처럼 살아갈 일이다.

변화는 발전이고 진보이며,

정체는 퇴보라고 생각하던 때가 있다.

그래서 끊임없이 변화를 추구하고

오늘 같지 않은 내일을 살기 위해 노력했다.


이제는 여전하다는 것이 얼마나 좋은 것인지

새삼 깨닫는다.


여전하게 살아도

좋다.

默言 7일

나도 모르게 묵언 중인 것을 잊곤 한다.
스스로 다짐해도
어느새 튀어나올 만큼 말은 본능인가보다.


거실 중앙과 내 방에서
가장 눈에 띄는 곳에
'말하지 말자'라고 써 붙였다.

남이 보지 않는 곳에 혼자 있을 때에도 도리에 어긋나지 않도록 조심하여 말과 행동을 삼간다는 뜻의 신독愼獨이라는 말이 있다. 우리는 이와 반대로 사는 것이 아닌가 싶다. 다른 사람이 있는 곳에서는 언행을 조심하지만 나 혼자 있을 때에는 언행에 유의하지 않고 산다.

'호모나랜스Homo-narrans'와 '캔터베리 효과Canterbury Effect'

라는 말이 있다. 호모나랜스는 '이야기하는 사람'이라는
뜻이고, 캔터베리 효과는 누군가 말을 하면 이에 이어서
다른 사람이 자신의 생각을 말하고 싶어지는 것을 뜻한다.
말은 인간의 본능에 가깝다. 그래서 조절하는 것이 쉽지
않다. 말이라는 본능을 현명하게 잘 조절할 수 있다면 진
정한 호모나랜스가 될 수 있지 않을까.

默言　8일

문득 '내가 지금 뭐하고 있는 거지?'
라는 생각이 든다.

'정말 나는 무엇을 하고 있는 것일까?'
'나는 왜 묵언을 하고 있지?'

마음의 평안은 자신의 내부에서부터 나온다.

마음의 치유를 외부에서 찾으려고 하는

어리석음이란······.


모든 관계의 출발은 자기 자신이다. 자기 존중으로부터

타인에 대한 존중도, 타인에 대한 사랑도 나온다. 자신을

존중하고 사랑하는 것에서부터 관계가 시작된다.

우리는 다른 사람과 수없이 많은 대화를 나눈다. 그런데 정작 자기 자신과의 대화에는 소홀하다. 나는 나 자신과 끊임없이 대화한다. 어떤 일을 시작하기 전에 그 일이 꼭 필요한 것인지 묻기도 하고, 스스로에게 잘할 수 있다는 긍정의 말과 수고했다는 격려의 말도 자주 건넨다. 내가 나에게 말을 걸다보면 내 안의 소리에 집중하게 되고, 자연스레 생각이 정리되며 행동하는 힘이 생긴다. 그래서 자기 자신과의 대화가 필요한지도 모른다.

나와의 대화가
시작되었다

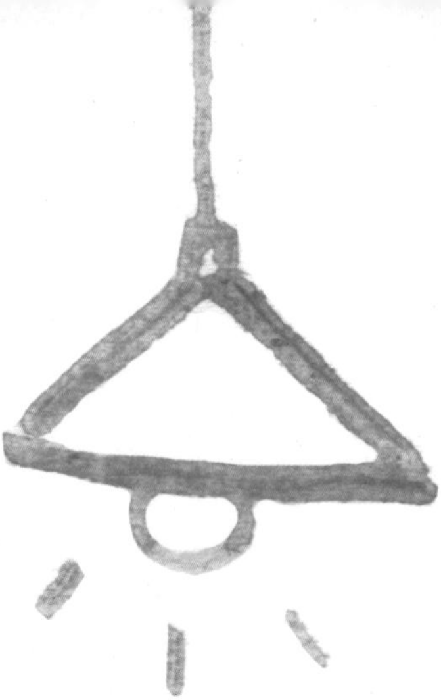

나에게
말을 건넨다.

'오늘 하루도 수고했다.'

默言 9일

이번 달 카드명세서가 나왔다.
카드를 사용한 이래 역대 최저액이다.
만남의 횟수와 카드값은 비례할 텐데,
묵언 전에는
많은 사람을 만나며 살아왔나보다.

그나저나 누군가에게
문자가 오고 톡이 오는 것이
이렇게 설레고 즐거운 일인 줄 미처 몰랐다.

살다보면 기회가 몇 번은 오는 것 같다. 기회가 와도 기회인 줄 모르고 놓치거나 준비가 안 되서 기회를 못 잡을 때도 있다. 살다보면 인연도 몇 번은 오는 것 같다. 인연도 인연인 줄 모르고 놓치거나 인연을 알고도 놓치는 경우가 있다. 기회는 놓쳐도 인연을 놓쳐서는 안 된다. 사람의 인연을 소중히 할 일이다.


끝이 안 좋은 걸 알아도 그 길을 가야만 할까. 모든 끝에 좋은 결과만 있는 것은 아니라도 그 길을 가야 할 때가 있다. 인생은 한 번의 승부로 결정 나지 않는다. 스포츠 게임에서 완전히 진 게임이어도 끝까지 최선을 다하는 이유는 다음 게임에 또 다른 기회가 있어서다. 기회란 언제고 온다.

말을 하면 할수록 내 안의 얕은 지식이 드러나는 것 같았다. 그래서 묵언을 했다. 한데 말하지 않으니 오히려 나의 지식이 한없이 얕게 느껴진다. 이 알량한 지식으로 그렇게 열심히 떠들어댔다니 쥐구멍에라도 숨고 싶은 심정이다.

默言

**10**일

초인종이 울린다.
난감하다.

또 울린다.
누구지?

대답도 못하고 말도 못하는데
그만 갔으면 좋겠다.
밖이 조용해졌다.
괜히 미안한 마음이 든다.

이제는 밖에 나가는 것이 두렵다.
무서워할 일도 아닌데
막상 나가려니 두렵다.

'말을 못하는데 나서서 어떻게 하지?'
집 밖을 나서는 데에도 용기가 필요하다니……

주위에 불면증으로 괴로워하는 사람이 많다. 불면증은 내 의지대로 살지 못한, 육체적으로 살지 못한 하루에 대한 반성이자 건강한 증상인지도 모른다. 가끔 난 하루를 반성하는 시간을 꽤 오래 갖기도 한다.

요즘 주변에서 끔찍한 일들이 많이 일어난다. 분노나 화가 조절되지 않는 사회가 되어버렸다. 개인적인 분노가 집단적 광기로 이어지기도 한다. 평화를 위해서는 개인을 넘어 집단과 사회도 분노와 화를 조절할 능력을 키워야 할 것 같다.

세상에 말은 넘쳐나는데 정작 말해야 할 때 말을 하는 사람은 드물다. 세상의 부조리함을 보면서도 나와 관계없는 일이라고 무시하거나 피하기 바쁘다. 진실 앞에 눈감지 않는 용기가 있을 때 잠든 세상을 깨우는 참된 말이 나온다.

默言

11일

입을 닫으니 귀가 민감해진다.
평소에 듣지 못했던 많은 소리들이 들린다.

새가 지저귀는 소리,
비 오는 소리,
아이들이 떠드는 소리⋯⋯.

주변에 참 예쁜 소리들이 많았구나.

'Sound of Silence'라는 사이먼 앤드 가펑클의 노래가 있다.

'침묵의 소리'라는 노래 제목이 참 재미있다.

침묵은 그 자체가 소리가 없는 상태인데

침묵의 소리라니!

침묵에 소리가 있을까?

침묵의 소리를 들어본 사람이 있을까?

소리 없는 소리에 귀를 모은다.

길거리를 나서면 사람들의 무표정함과 무서운 속도에 놀라곤 한다. 지하철을 타기 위해 뛰고, 닫히는 문 속으로 가방과 몸을 던진다. 2분 뒤면 다른 지하철이 올 텐데……. 그에게 2분은 그토록 절박한 시간일까?

급하게 사는 것이 열심히 사는 것은 아니다.
조금의 여유를 가지고 살아갈 일이다.

默言

# 12일

집 안에 있는 시간이 많아졌다.

특별히 할 일이 없어서 집안일을 시작했다.
내가 집안일을 이렇게 잘하는 줄 미처 몰랐다.

새로운 재능의 발견이다.

오며 가며 요즘 심심치 않게 듣는 말은

'이젠 나이가 들어서…….'이다.

젊을 때는 젊은 대로 나이 먹어서는 먹은 대로

도전하고 해야 할 일이 있다.

고흐가 묻는다.

"우리에게 뭔가 시도할 용기가 없다면

삶이 도대체 어떤 의미가 있겠나?"

결과에 집착하면 시작도 못하고
포기하는 경우가 많아진다.
앞선 걱정은 실천을 방해할 뿐이다.
관념의 유희보다는 시작이 반이다.

默言 **13**일

요리를 하다가
뜨거운 냄비에 손을 데었다.
다행히 크게 데이지는 않았지만

순간
'앗, 뜨거!'
라는 말이 튀어나올 뻔했다.

데인 손을 붙잡고 혼자 펄쩍펄쩍 뛰고 있는 꼴을
누가 봤다면 정말 가관이었을 것이다.

버스정류장에서 버스를 기다리다가 천안으로 가는 버스 기사에게 평택으로 가는 버스가 왜 오지 않느냐고 화를 내며 따지는 사람을 봤다. 우물에 가 숭늉 찾는 꼴이다. 화풀이를 하자는 것인지 자신을 알아봐 달라는 것인지 문제를 해결하자는 것인지 모르겠다. 나도 문제가 생겼을 때 이런 방식으로 해결하려고 하지는 않았는지 돌아볼 일이다.

살다보면 낙인을 찍거나 찍힐 때가 있다.
한 번 찍히면 꼼수를 써서라도
그 낙인에서 벗어나고 싶어진다.
그럴 때 나는 정공법을 쓴다.
힘들다고 피하면 그것이 또 다른 낙인이 될 것 같아서다.

젊은 시기에는 스스로를 인정한다는 것이 참 힘들었다.
한 번 인정하기 시작하면 새로움을 멀리하고 안주하는
것만 같아서였다. 매너리즘에 빠지지 않기 위해 의식적
으로 인정하기를 거부하고 살았는지도 모른다. 불혹이
되어서야 자신을 인정해야 그 다음이 있을 수 있음을 깨
닫는다.



지금의 나를 인정하면
새로운 삶의
출발로 이어진다.

默言

# 14일

밖에서 혼자 할 수 있는 일을 생각하다가
산책을 떠올렸다.
그리고 밖으로 나갔다.

탁월한 선택이었다.

삶은 야구와 비슷하다.

선발투수는 게임에서 이기려고 전력투구한다.
중간계투 투수는 현 상황을 유지하며 경기를 리드하고,
마무리 투수는 한 점이라도 내주지 않으려고 사력을 다
한다.

청년 때는 선발투수처럼 경기에서 이기기 위해 전심전력
한다. 중년 때는 현 상황을 유지하며 조금씩 삶의 기반을
다지며, 장년이 되어서는 가진 것을 지키기 위해 산다.

야구를 할 때 매 경기마다 이길 수 없듯이
인생도 그런 것 같다.
그저 최선을 다하는 수밖에…….

인생은 그저 물 흐르듯이 살아갈 일이다.
수차를 돌려 더 빨리 흐르게 할 일도 아니고
더군다나 댐을 막아서 흐르지 못하게 할 일도 아니다.
그저 순리대로 살아가야 한다.


공짜로 주어지는 것을 가장 경계해야 한다.
나의 노력 없이 무엇인가 내 손에 주어졌다면 즉시 손을
펴서 그것을 내려놓아야 한다. 노력해서 정당하게 얻는
것만이 온전히 내 것이다. 세상에 공짜는 없다는 평범한
진리를 실천하는 것이 쉽지 않은 일이 되어버렸다.

'세상에 공짜는 없다.'

默言

## 15일

좋아하지 않는 SNS를 하고 싶다는 욕구가
자꾸 밀려 올라온다.
그래도 SNS만큼은 하지 말고 참아야겠다.

묵언을 하려다가 글 수다를 떨 수도 있겠다.

'지자불언 언자부지 知者不言 言者不知.'

노자의 《도덕경》에 있는 말이다. 아는 사람은 말하지 아니 하고 말하는 사람은 알지 못한다,라는 뜻이다. 우리 속담에도 '침묵은 금이다.'라는 말이 있다. 시대와 지역을 달리하는데도 침묵의 중요성을 강조하는 《도덕경》과 우리 속담은 서로 닿아 있다.

관계에서 소외될지도 모른다는 두려움은 본능이다.
하지만 SNS에 매달려도
소외감과 고독은 사라지지 않는다.

사람들은 남을 설득하기 위해 쉴 새 없이 입을 너불댄다. 그렇지만 설득의 방식에 말만 있는 것은 아니다. 스스로 변할 때까지 기다려주는 것도 하나의 방법이다. 기다리다 보면 상대방의 마음이 변할 때도 있지만 내 생각이 변할 때도 있다. 자기 자신이든 상대방이든 누군가 변한다면 기다림은 그 자체로 말 이상의 의미가 있다.

말을 많이 하는 것은 자기 과시적이다. 내가 많이 알고 있음을 보여주고 싶은 것이겠지만 세계적인 석학들치고 말 잘하는 사람은 드물다. 말을 잘한다는 것과 많이 아는 것은 반드시 비례하지는 않는다.

스스로에게 부끄러움은 없는지
돌아보고 나서 떠들 일이다.

默言

# 16일

묵언을 하면 뭔가 거창하게
인생철학을 고민할 줄 알았다.
하지만 하루하루가 그저 말 없는
또 다른 일상일 뿐이다.
아직은 그렇다.

다만 다른 점을 든다면
묵언을 하기 전에는 나보다 남이 먼저 보였는데
이제는 남보다 내가 먼저 보인다.
나를 먼저 보니 남이 훨씬 더 잘 보인다.
이 간단한 것을 왜 몰랐을까.

묵언을 하면 갑갑하고 답답할 듯하지만 갑갑한 것은 처음 며칠이고 이내 마음의 평화를 얻는다. 평화로움과 함께 찾아오는 귀중한 선물은 자유다.



우리는 말에 갇혀 살고 있다. 그동안 말로 인해 얼마나 눈멀고 귀먹어왔는가. 말의 굴레에서 벗어나는 자유로움은 묵언의 또 다른 즐거움이다. 평소 우리가 말을 하고 살아가는 것 같지만 실제는 말의 지배를 받고 있다. 뱉은 말에 대한 책임부터 타인과의 말 경쟁, 스스로의 말꼬임까지 가만히 있으면 벌어지지 않을 일들이 말을 함으로써 벌어진다. 내가 말을 하는 것이 아니라 내가 한 말에 의해 살아가고 있다면 말로부터 자유로워져야겠다.

기억도 나지 않는 수많은 말들이
끔찍하다.

그동안
얼마나 많은 말을
내뱉고 살았던가?

默言

17일

나가서 먹거나 시켜 먹을 수가 없어서
하루 세 끼를 주로 직접 챙겨 먹는다.
하루 세 끼를 찾아 먹는 일이
새삼 우러러보인다.

하루가 짧다.

과거에는 맛의 기준이 담백함 혹은 심심함이었다면
최근에는 맵고 짜고 자극적이어야 맛있다고 대우받는다.
말초적 자극이 사회를 찌르고 있다.

살아가면서 게을리하지 말아야 할 것은 자신을 돌아보는 일이다. 자신을 돌아보며 살면 같은 실수를 반복하지 않게 되고 삶이 좀 더 성숙해진다. 나를, 내 살아온 삶을 정리해보는 것은 매우 의미 있는 일이다.

默言

## 18일

가족끼리 꼭 언어로 대화할 필요는 없다.

스킨십,
몸짓,
표정이면
충분하다.

가족같이 친분이 강한 집단의 대화는 언어로만 이루어지지 않는다. 표정, 몸짓, 스킨십 등 비언어적인 요소가 오히려 더 많이 차지할 때도 있다. "묵언을 했을 때 가족들이 불편해하지 않았나?"라는 질문을 많이 받았는데 불편함이 거의 없었다. 묵언은 대화 이전에 서로에 대한 애정과 이해가 더 중요하다는 것을 새삼 느끼게 해준다.

세상에서 가장 가깝고도 먼 사이가 부부라고 한다. 그러니 말은 부부 간에 특히 조심히 해야 한다. 단순히 예의를 갖추어 서로 존대를 쓴다기보다 상대의 말을 존중하라는 의미다. 부모가 서로 존중하는 모습은 아이들에게도 좋은 교육이다. 부부 싸움을 하는 경우에도 격한 말이나 극단적인 표현은 절대 삼가야 한다. 무심코 뱉은 한마디가 평생 상처로 남을 수도 있다. 나중에 다시 돌아올 때를 생각해서 너무 멀리 가는 것은 최대한 지양해야 할 것이다.

'내가 너에게 얼마나 잘해줬는데…….'
자식에게 늘어놓는 부모의 푸념이다.
나 좋은 대로 하는 것은 배려가 아니다.
상대방이 좋다고 느끼는 게 진정한 배려다.
자기만족은 배려가 아니다.

默言

# 19일

불만이 있어도
의견이 있어도

말을 못하니까
나만 손해 볼 것 같았다.
그런데 잘 살고 있다.

## '승승장구乘勝長驅.'

어떤 사람들은 몇 번 승승乘勝한 것 가지고 마치 장구長驅라도 할 것처럼 기세등등하다. 사실 승승하는 것보다 장구하는 것이 어렵다. 승승은 때로 사람을 교만하게 만들기도 하지만 얄팍한 수로 쟁취한 승승은 장구로 이어지지 못한다. 승승보다는 장구를 늘 염두에 두고 살아야 할 것 같다.

나는 내 마음대로 살기를 원하면서 다른 사람은 내 뜻대로 살기를 원할 때가 있다. 심지어 나의 생각과 같지 않으면 비난하거나 폭력을 행사하기도 한다. 세상에 내 마음 같은 사람이 있을까? 다른 사람이 내 마음 같기를 원하는 허망함을 접어야 한다. 그것이 공존의 지혜인 것 같다.

우리는 살아가면서 수없이 많은 말을 쏟아내지만
생존에 필요한 말은 과연 몇 마디나 될까?


말이 지닌 중요한 특성 중에 하나가 한 번 뱉으면 주워
담을 수 없다는 것이다. 말을 한마디 하기 전에 열 번은 생
각해야 하는 이유이기도 하다. 특히 우호적이지 않은 상대
에게는 신중에 신중을 기해야 한다. 한 번 뱉은 말은 언제
고 부메랑이 되어 돌아올 수 있다.

默言

20
일

다른 사람에게 말로 시키던 일을
웬만하면 직접 하게 되었다.
생각지도 못했던 후유증이 나타났다.

몸이 바쁘다.

먹고 싶은 것을 먹는 일이나

하고 싶은 일을

여러 가지 이유로 미룬 적이 있다.

내일을 모르는 것이 인생인데

너무 미루며 살아온 것 같다.

이제 미루지 말고 하고 싶은 일을 하고 살아야겠다.

인생에서 무엇인가 해야겠다는
생각이 든다면
지금 바로 해야 한다.
지금 하지 않으면

오늘도 못 하고 내일도 못 한다.

默言

21
일

영화를 보다가 내용이 슬퍼 울었다.
한참을 울고 있는데 아내가 와서 묻는다.


"왜 울어요?"


내용이 너무 슬퍼서라고
손짓 발짓으로 한참 설명하는데
그런 내 모습을 보며 아내가 웃는다.


나도 울다가 웃는다.

한때는 우는 것이 사치라고 생각했다.

지금은 울음을 참지 않는다.

어른도 울고 싶으면 울어야 한다.

우는 것만으로도

인생의 쓴맛이 여과된다.

말을 하지 않는 것이 좋은 것일까? 무조건 말을 하지 않는 것보다 말을 적절히 하는 것이 좋다. 말을 너무 많이 하다보면 진짜 필요한 말보다 불필요한 말이 많아지고, 그 말이 오해를 일으켜 관계를 어렵게 만든다. 말을 줄이고 적절히 하는 것이 좋은 말 습관이다.

말 중에는 긍정적인 말이 있고, 부정적인 말이 있다. 사람들이 긍정적인 말보다는 부정적인 말을 더 많이 사용한다. 《칭찬은 고래도 춤추게 한다》라는 책도 있듯이 긍정의 힘은 무한하다. 나부터 긍정의 말을 해보면 어떨까. 생각보다 긍정의 향기는 강해 멀리 퍼진다. 그리고 내 자신도 훨씬 향기로워진다. 긍정의 말은 아끼지 말아야겠다.

默言

22
일

불안해서 그런지
스마트폰을 손에서 놓지 못하는 시간이 많아졌다.
묵언을 하는 의미가 엷어지는 것 같다.

스마트폰을 내려놓아야겠다.

SNS 홍수 시대다.

무슨 할 얘기들이 그리 많은지……

나를 따르는 사람이 몇 명인가로 잘났고 못났고를 가늠

하고 그것 때문에 타인이 상처를 입더라도

검증되지 않은 자극적인 이야기들이 판을 치고…….


관계의 폭은 넓어졌으나 관계의 깊이는 얕아졌다.

고독은 더 심화되기만 하니 관계의 넓이를 자랑하기보다

관계의 깊이를 생각해볼 때다.

사람은 많은데 사람이 없다.

커뮤니케이션을 우리말로 옮기면 '소통'이다. 틀린 표현은 아닌 듯하지만 커뮤니케이션을 공부하는 사람으로서 소통보다 '관계'라는 말을 선호한다. 인간은 나 자신과의 관계, 다른 사람과의 관계 속에서 발전해가고 의미를 나누기 때문이다. 각자의 의도대로 상대방과 교감을 나누고자 하는 것이 소통이라면 커뮤니케이션의 본질은 관계다.

관계의 폭은 넓어졌으나
관계의 깊이는 얕아졌다.

자신을 표현할 수 있는 매체들이 수두룩한 요즘 사람들은 어떤 형태로든 자신을 표현하고 살아간다. 그런 표현을 통해 타인에게 인정받고 자신의 존재감을 느낀다. 이는 외로움의 또 다른 표현이다. 잊히는 것에 대한 두려움의 표현일 수도 있다.

默言

# 23일

말로 도움을 청하는 것이 힘들다보니
전에 비해 훨씬 신중해지고 세밀해진다.

공격적이기보다는
방어적으로 변해간다.

이러다가
꼼꼼대마왕이 되는 건 아닌지 모르겠다.

무언가 떠오르지 않거나 분노가 차오를 때는
지그시 눈을 감는다.


가만히 있으면 소극적이라더니
적극적으로 임하면 나댄다고 뭐라고 하고…….
어떻게 하라는 건지 참 어렵다.
성현들의 지혜에서 배운다.
중용의 자세로 살아가라고…….

대화를 하다보면 상대방이 무슨 말을 하는지 모를 때가 있다. 원래부터 말을 빙빙 돌려서 하는 사람일 수도 있지만 대개 정치적 수사인 경우가 많다. 정치적이라 함은 'political'한 부분을 얘기하는 것이 아니고 은유나 간접화법을 쓰는 경우인데 이럴 때는 상대의 말을 억지로 해석해서 이해하려 하지 말고 끝까지 경청하는 것이 좋다. 그런데도 이해가 잘 안 된다면 예의를 갖춰 무슨 뜻인지 물어보는 것이 낫다. 자칫 해석이 잘못되면 오해가 생기고 결과만 어그러진다.

잠시 눈을 감는다.

하루에 잠잘 때를 빼고
눈을 감아본 적이 있던가?

默言

24
일

사전에 말씀드려서 덜 걱정하시겠지만
묵언 이후 부모님께 안부를 전하지 못하는 게
안타깝다.

다시 말을 하게 되면 제일 먼저 해야 할 일이 정해졌다.

"어머니, 별일 없이 잘 지내고 계시죠?" 하고
전화 드리는 것.

"어머니,
별 일 없이

잘 지내고
계시죠?"

선생은 제자들에게 일방적으로 가르치는 것 같지만 실제는 가르치는 과정에서 많이 배운다. 부모와 자식 간에도 부모가 자식에게 일방적으로 헌신하는 것 같지만 그 과정에서 자식이 부모에게 주는 것 역시 많다.

세상의 관계는 서로의 호흡을 통해 교감을 나눈다. 서로 호흡하지 않는 관계라면 그 자체가 폭력일 수 있다. 우리 역시 무의식적으로 폭력을 행사하며 살지는 않았는지 돌아보며 살아야겠다.

상대가 당연히 알 것이라 생각하고 표현하지 않는다면 큰 오산이다. 아무리 가까운 사이라도 표현하지 않으면 모른다. 설사 표현하지 않았는데 이미 알고 있을지라도 표현하는 것이 옳다.

默言

# 25일

라면 하나 사는 것을 두고
이토록 고민하게 될 줄은 몰랐다.


'말을 못하는데 어떻게 사야 하지?'
'라면 주세요라고 적어 갈까?'


여러 생각 끝에 메모해 갔지만
막상 라면을 고르고 계산하는 데
말은 필요 없었다.
계산대에 라면을 올려놓고 신용카드를 주니 끝났다.


어느덧 묵언도 익숙해지고
밖에 나가는 것에도 자신감이 생겼다.
막연한 두려움은 내가 만든 허상일 뿐이었다.


말하지 않는다고 밖에 나가서 못하는 건 없다.

입장에 따라 이해관계가 엇갈릴 때가 있다.

내가 보행자일 때와 운전자일 때를 생각해보면

사람은 같은데 그 입장에 따라

옳고 그름이 달라진다.

입장을 바꾸어 생각하면

이해가 안 되던 것이

이해될 때가 많다.



'부지언 무이지인야 不知言 無以知人也.'

말귀가 어두우면 사람을 알아보지 못한다.


말은 사람을 그대로 투영한다.

말을 들어보면 그 사람의 품격을 알 수 있다.

어려운 말을 쓴다고 해서 격이 높은 것이 아니다.

말의 품격을 높이려면 말 기술보다 내공을 쌓을 일이다.

삶 중에 제일 어려운 것은 인간관계가 아닐까?

공자는 말했다.

"모두에게 칭송받는 사람은 아부하거나 아첨하는 자다. 소수에게 손가락질을 받더라도 다수에게 칭송을 받는 사람이 좋다."

모든 사람에게 칭송을 받고자 할 것도 그렇게 살 것도 아니다.



묵언을 하면서 한 가지 걱정이었던 것은 '사회생활이 가능할까?'였다. 결과만 놓고 보면 나의 기우였다. 묵언을 하면서 꼭 필요한 경우에는 필기도구를 들고 다니면서 필담을 나눴다. 사람들은 내가 진짜 말을 못하는 줄 알고 배려해주었고, 평소보다 더 불편함이 없었다. 묵언을 통해 하나 더 배운다. 아직 세상은 따뜻하다.

默言

26
일

나는 지독한 길치다.
나의 길 찾는 방법은 간단하다.
무조건 물어보기.

그런데 이제 물어볼 수가 없으니
직접 찾아야 한다.

당연했던 일상이
사람들의 배려로 가능했다니.
묵언을 하다보니 모든 게 다 고맙다.
딱히 대상이 없어도
그저 고맙다.

살면서 당연한 것에 대한 감사함을

많이 잊고 사는 것 같다.

나에게는 당연하고 자연스러웠던 일이

누군가에게는 누릴 수 없는 행복일지도 모르는데…….

당연한 것에 더더욱 감사하며 살아야겠다.

그저 고맙다

다

고맙다

귀는 열어두고 말은 삼키는 것이 좋다.

가까운 사이라도 가급적 충고는 하지 않는 것이 좋다.

백번의 충고보다

한 번 들어주는 것이 더 소중하다.


심장은 매일 뛰고 있는데

심장이 뛴다고 느낀 적은 얼마나 되는가?

심장 뛰는 소리는

꼭 죽기 전에 집중해야만 들을 수 있는 것이 아니다.

평소에도 심장이 뛰는 일을 많이 하고 살면

심장 뛰는 소리를 들을 수 있다.

좋은 일을 할 때 심장과 맥박이 더 크게 느껴진다.

'목소리 큰 놈이 이긴다.'라는 속담이 있다. 말싸움이 얼마나 많으면 이런 말이 다 생겼을까. 그런데 목소리만 크면 정말로 이길 수 있을까?

항상 대화할 때는 왜 하는가를 생각해보아야 한다. 이기려고 대화하는 경우는 사실 별로 없다. 다툼이 일어나서 말싸움으로 번지는 경우가 있기는 하지만 대화의 목적은 이기는 것이 아니라 원하는 것을 얻는 데 있다. 결국 원하는 것을 얻은 사람이 이긴 것이다.

默言

27 일

교통수단이 바뀌었다.

전에는 차를 가지고 이동했다면
이제는 대중교통을 이용한다.
그러면서 얻은 가장 값진 것은
이동하면서 잘 수 있다는 것.
카드 한 장이면 원하는 모든 곳을 다닐 수 있다.
참 편리하다.

버스를 타고 시내에 나가 지인을 만났다.
말 한마디 하지 않고 헤어졌다.
그래도 꽤 오랜 시간 같이 있었다.
밥도 먹고 차도 마셨다.

말 없이 이렇게 오래 같이 있을 수 있다니
그저 신기하기만 하다.

에스키모인은 늑대를 사냥할 때 짐승피를 묻힌 시퍼런 칼날을 위로 향하게 놓아둔다. 그러면 늑대가 와서 피를 핥는데, 날카로운 칼날에 혀를 베인 늑대는 자기 피인 줄도 모르고 계속 핥다가 죽는다.

서커스단의 덩치 큰 코끼리는 작은 말뚝에 줄을 살짝 감아 놓아도 도망가지 않는다. 아기 코끼리일 때 묶여 있던 굵은 말뚝만 생각하고 시도조차 하지 않기 때문이다.

우리 역시 처음에는 꿈을 가지고 시작하지만 결국 자기 피를 핥다 죽어가는 늑대처럼, 혹은 도망갈 생각을 못하는 서커스단의 코끼리처럼 꿈과 열정을 잃어버린 채 살아가고 있지 않을까? 첫 마음을 잊지 말아야겠다.

필요 이상으로 관계에 집착하는 경우를 종종 본다.

국회의원에 출마할 것도 아닌데

관계를 유지하기 위해 주위 사람들을 챙기며

매일같이 바쁘고 힘들다는 말을 입버릇처럼 달고 산다.

관계 속에서 힘들고 스트레스를 받는다면

그 관계가 과연 좋은 것일까?

말을 하지 않으면 막연히 인간관계에서 소외될 것이라는
두려움이 있었다. 그러나 실제로는 상대방의 말을 경청
하게 됨으로써 대화가 더욱 깊어졌다. 당연히 관계도 좋
아지고 깊어졌다.


누군가 열심히 떠들고 있다면 무서워서일 것이다.
우리는 고요가 무섭고, 외로움이 무서워서 떠든다.
누군가 옆에서 떠들고 있다면 들어주어야 하는 이유다.

말이 없어지자 비로소 들리기 시작했다. 묵언을 하기 전
에는 내 말에 대한 생각이 앞서 타인의 소리를 경청하지
못했는데 말문을 닫으니 비로소 귀에 들어온다. 내 얘기
에 집중할 때는 대화의 주제와는 다른 얘기를 엉뚱하게
꺼낼 때도 있고, 심지어 서로 다른 얘기를 할 때도 있었는
데 말이다. 입을 닫으니 상대방의 얘기가 귀에 들어오고
나아가 상대방이 눈에 들어온다. 이것 참!
기막힌 경험을 했다.

默言

**28**일

묵언을 하면서 다툴 일이 없어졌다.
말을 해야 다투지.

백전백패,
싸우기도 전에 내가 무조건 다 진다.
그래도 좋다.

그래도

좋다

말을 하는 직업을 가진 사람으로서

말을 빼먹기만 했지

말을 생산하기 위해 얼마나 노력을 기울였던가.

뱉기만 하고

담지는 못했던

나의 말 생활을 반성한다.

默言

# 29일

묵언 이후
틈틈이 간판 사진을 찍으러 다닌다.
간판은 소리 없이 말한다.

묵언과 간판,
서로 다르지만 통하는 구석이 있다.

사람들은 오늘도 여전히 바쁘게 살아간다. 표정도 진지하다 못해 무서울 때가 있다. 오랜만에 친구들을 만나려 해도 다들 일 때문에 바빠서 시간 잡기도 쉽지 않다. 일하는 것도 중요하지만 우선 자기 삶을 살아야 할 일이다. 열심히 일하며 사는 것만이 최선은 아닐 것이다.

무엇인가를 시작하고 나서 후회하지 말고

시작하기 전에 많이 생각해야 한다.

판단은 신중하게 실행은 견고하게.

默言

30
일

묵언을 시작한 지 30일이 되었다.
이렇게 길게 할 줄 몰랐다.
생각보다 오래했다.

대화에서 내가 말할 기회만 노리면 상대방의 얘기는 귀에 잘 들어오지 않는다. 상대방에게도 내 얘기 중 진짜 듣고 싶은 것은 많지 않다. 말을 줄이고 들으면 그가 뭘 원하는지 알 수 있다. 대화의 말미에 그 사람이 듣고 싶어 하는 한마디만 해주어도 할 말은 다한 것이다. 듣지 않으면 모를 일이다.

말은 뱉는 것이 아니라 수렴하는 것이다. 말은 욕망의 창 끝과도 같아서 조심하고 또 조심해야 한다. 내가 뱉은 말이 어떤 이에게는 뾰족한 창이 되어 상처를 낼 수도 있다. 때론 말은 무한한 위안이 되기도 한다. 위안과 상처의 경계에서 말을 뱉어 찌르기보다 수렴해서 위안을 주는 법을 잘 배워야겠다.

듣기에 기분 좋은 말이 있고, 거북한 말이 있다. 말도 음식과 같아서 듣기 좋은 말은 해가 되고, 듣기 싫은 말이 오히려 이로울 때가 많다. 그래서 나는 듣기 좋은 말은 경계해서 경우에 맞는지 꼼꼼하게 따져보고, 듣기에 거북한 말이더라도 귀를 닫지 않는다. 옳고 그른 말을 가려 듣기 위한 나의 작은 노력이다.

默言

# 31일

묵언을 시작할 때는
불편해하던 가족이
잔소리가 줄어서 그런지
오히려 좋아하는 것 같다.

기분이 묘하다.

살면서 나 외에 다른 사람을 많이 걱정하지만
정작 다른 사람은 나를 걱정한다.
각자 자신의 인생을 잘살면 될 일이다.

사르트르는 말했다.

"아버지가 아들에게 해줄 수 있는 최선은 일찍 죽어주는 것이다."

가뜩이나 안팎으로 힘들게 사는 우리 아버지들에게 너무도 가혹한 얘기지만 꼭 필요한 메시지이기도 하다. 그러니 이 땅의 아버지들이여, 즐기며 살자.


'잡은 고기에게는 먹이를 주지 않는다.'는 우스갯소리가 있다. 하지만 주변을 보면 우스갯소리가 아니라는 것을 금세 알 수 있다. 친구나 동료 들에게는 무척 잘하면서 가족에게는 막 대하는 사람을 종종 본다. 주변 사람들에게 잘해주는 것도 좋지만 가까운 사람부터 챙기고 잘해주어야 한다.

默言

# 32일

말을 하지 않고도
사람을 만날 수 있다는 것이 새삼 놀랍다.

내 주변에 말하지 않고도
통하는 사람이 많다는 사실도 알게 되었다.
살아온 삶이 고맙고 뿌듯하다.

대화를 할 때 내 말에 상대방이 동의하기를 강요하지 말아야겠다. 강요가 느껴지면 상대방은 보호 기제를 작동하게 되고, 거리는 멀어지기 때문이다. 상대방의 말에 영혼 없이 동의하는 것 역시 위험하다. 상대방은 금세 알아차릴 것이고 대화는 겉돌게 될 것이다.

말을 할 때 지나치게 겸손한 사람이 있다. 겸손을 넘어 자기 비하로까지 느껴지는 경우도 있다. 말을 하는 데 예의는 필요하지만 지나치게 자기 자신을 낮출 필요는 없다. 자존감이 높은 사람이 말도 잘한다.

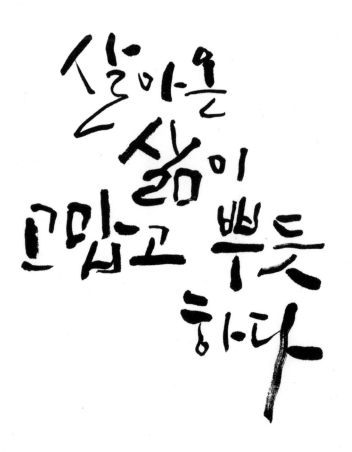

살아온 삶이 고맙고 뿌듯하다

나는 늘 내 삶을

다시 시작해보고 싶은 소망으로 들끓었다.

보다 간소하게

보다 단순하게 말이다.

그래서 말을 그만둔 것인지도 모른다.

말에 둘러싸이면 묵은 생각에서 헤어나기 어렵다.

만나면 기분이 좋아지는 사람이 있고, 그저 그런 사람이

있다. 대화를 나누면 가까이하고 싶은 사람이 있고, 불쾌

해지는 사람이 있다.

나는 어떤 사람일까?

누군가에게 꽃향기처럼
은은한 기쁨이고 싶다.

默言

# 33일

나 자신과의 대화가 깊어진다.

어느덧 본질적인
질문과 대답으로 이어졌다.

그 누구도 아닌
나와의 진정한 소통.

뭐라고 표현하기 힘든
정말 기분 좋은 경험이다.

마음속 깊이 생각한다는 것은 내면의 깊은 곳에 고요하게 들어가 깊이 숨을 들이쉬어 보는 것과 같다. 마음속 깊이 생각하게 되면 '나는 누구인가?', '나는 어떻게 살고 있는가?'라는 근원적인 질문을 던지게 되고 그 답을 찾기 위해 많은 생각을 하게 된다. 마음속 깊이 침잠하는 울림은 묵언을 통해 얻을 수 있는 또 하나의 즐거움일 것이다.

모든 화火의 근원은 말에서 나온다. 화를 다스리고 지키는 최선의 방법은 말을 아끼는 것이다. 말을 안 한다는 것이 쉬울 듯하지만 막상 해보면 그렇지 않다. 경쟁 사회 속에서 이미 자신을 드러내는 일에 익숙해져 있기 때문일 것이다. 말을 참는 일은 쉬워 보여도 결코 쉽지 않은 자기 수양의 길인 것 같다. 그래서 스님들이 묵언 수행을 하셨나보다.

나와의 대화가 깊어진다.

'나는 누구인가?'

말하는 사람을 자주 지켜본다. 그중에는 말하면서 계속 다른 사람의 눈치를 보는 사람이 있다. 자기 생각을 이야기하면 될 것 같은데 남의 말에 하나 더 없는 식으로 대화를 이어간다. 무리에 순응하려는 노력임이 짐작되지만 정작 자기 말을 못하고 남의 말만 하는 잘못을 범할 수도 있겠다는 생각이 든다. 대화에서 주체성을 가지는 것은 매우 중요하다.

默言

34

일

뉴스를 보지 않게 되었다.

누구와 대화할 것도 아니니
뉴스를 보는 의미가 줄었다.
예전에는 뉴스 보기가
중요한 일과였는데······.

뉴스를 보는 이유가 내 지식을 자랑하기 위함이었나?
뉴스에 대한 생각이 새로워진다.

<u>스피치커뮤니케이션</u> 강의 첫 시간에 항상 하는 말이 있다.

"말에 대한 기술을 습득하러 오신 분은 수강신청을 잘못 했으니 정정하세요."

그 이유인즉 내 강의는 말 잘하는 기술이 아닌 말의 본질을 가르치기 때문이다. 말을 기술로 이해하려는 사람은 내 강의를 들을 이유가 없다. 말은 그 사람의 그릇만큼 나오고 깊이만큼 나오는 것이다. 말을 잘하고 싶으면 기술을 배울 것이 아니라 내면부터 채울 일이다. 기술은 그 다음이다.

커피숍에 앉아 있는데 옆 테이블의 대화가 귀에 들어왔다. 친구들끼리 서로 자기 얘기만 한다. 누가 한마디를 던지면 경쟁적으로 다른 친구가 다음 말을 쏟아낸다. 자기가 알고 있는 지식을 모두 쏟아내야 직성이 풀리기라도 하듯이. 급기야 대화를 하던 두 사람은 서로 자기주장이 옳다고 목청을 높이다 검색해서 확인해보자고 스마트폰을 집어든다.


스마트폰이 일반화되면서 틈만 나면 뉴스를 보고 검색을 하며 시간을 보냈다. 뉴스와 검색을 통해 얻은 정보를 가지고 사람들과의 대화에서 주도권을 잡고 큰 소리로 자신 있게 이야기하곤 했다. 그 귀중한 시간에 서로의 관심사를 이야기하기보다 내 지식의 허영을 드러내기에 급급했다는 부끄러운 고백을 하지 않을 수 없다. 말이란 자기과시욕의 결정체다. 말을 줄이면 과시욕도 줄어들까?

默言

35일

나도 그렇고
가족도 그렇고
주변 사람들도 그렇고
이제는 묵언이 자연스럽다.
어느덧 일상이 되었다.

햇살 좋고 바람도 잔잔한 따뜻한 봄날,

볕이 잘 드는 곳에 앉아

좋은 음악과 맛있는 차 한 잔을 마시고 있는

평화로운 오후다.

말이 필요 없는 시간이다.

"엄마가 좋아? 아빠가 좋아?"라는 어른의 우문에 "엄마, 아빠 다 좋아."라는 현답을 던지는 아이를 보았다. 우리 역시 대화 중에 양자택일을 해야 하는 우문을 받을 때가 있다. 둘 중 반드시 하나의 대답을 찾아야 할 것 같지만 현답을 내놓는 아이처럼 제3, 제4의 답을 찾아 대화를 풀어나가면 될 일이다.

살아온 삶을 조용히 돌아보는 데에는 묵언만 한 것이 없다. 지나온 삶에 대한 반성과 아쉬움, 그리고 앞으로의 삶에 대한 정립이 이루어지는 시간, 앞으로도 조용히 삶을 돌아보고 싶다면 묵언 모드를 지켜야겠다.

默言

# 36일

문득
쓸데없는 걱정 하나가 밀려온다.

노래를 잘하지는 않아도
주위에서 제법 괜찮게 부른다는
얘기를 듣고 살았다.

묵언을 이렇게 길게 하다보면
그나마 있던 노래 실력도 줄어드는 것은 아닐까?
이제는 별생각을 다한다.

톡으로 보내오는 이모티콘이 예쁘다고 말했다. 상대방이 너무 좋아해서 의아했다. 이유인즉 돈을 주고 산 이모티콘인데 주위 사람들이 헛돈 썼다고 타박만 해 속이 상해 있었다는 것이다.

하지만 남들이 좋다고 하는 것에 연연할 필요는 없다. 바깥의 소리에 집중하다보면 자신의 소리를 들을 수 없고, 자신의 의지도 잃어버리게 된다. 남보다 나를 위해 살아야 한다. 내면의 소리를 듣는 데 인색하지 말자.

관계가 깊은 사람끼리의 대화에서는 상대방이 나에게 무엇인가를 물어볼 때 즉흥적으로 반응하지 말고 한 번 더 생각해봐야 할 것 같다. 그것은 물음이 아니고 그렇게 하고 싶다는 의지의 표현일 수 있기 때문이다. 물음표로 끝났다고 해서 꼭 질문인 것만은 아니다.

물음표 뒤에 찍혀 있는

보이지 않는

느낌표를 잘 보아야 한다.

默言

# 37일

아내가 자연스럽게 묻는다.

"여보, 식사했어요?"

하마터면 '아니요' 하고
대답할 뻔했다.

사는 게 만만치 않다. 열심히 살아도 끝은 보이지 않고 갈수록 지친다. 이렇게 평생을 살아야 하나 생각하면 가슴이 먹먹하다. 이럴 때 아내가 무심코 건넨 따뜻한 한마디 말에 큰 힘이 난다.

세상에 꼭 필요한 말 한마디만 꼽으라면
나는 주저 없이 말하겠다.

'감사합니다.'

默言

# 38일

묵언을 시작한 후
삶이 단순해지는 느낌이다.

## 복잡할 것도 없는데

그동안 너무 복잡하게 살았다.


## 같은 시간이라도

도시에서의 시간과 시골에서의 시간은 다르다.

도시에서는 초침, 분침을 따져 일을 하고 행동하는데

시골에서는 시간의 흐름에 맞춰 살아간다.

시간과 부딪혀 역행하며 살아갈 것이 아니라

흐름대로 같이 흘러가며 사는 것도 좋은 것 같다.

'시간은 흐른다.'란 표현이 적절하게 다가오는 오늘이다.

문밖을 나서는 순간 경쟁이 시작된다.

아니, 집 안에서도 경쟁은 이어진다.

그래서 사람들은 혼자이길 좋아하는지도 모른다.

경쟁은 공간의 문제가 아니라 나의 문제이다.

마음을 비우면 어디서든 편하게 살아갈 수 있다.


모든 부분에서 완벽한 것도 아닌데

다른 사람의 잘못은 집요하게 따지며 분노한다.

하지만 그 잣대가 나를 향하면 금세 무뎌진다.

나에 대한 너그러움과 타인에 대한 엄격함.

이 이율배반적인 모습에서 중심을 잡고 살아야겠다.

默言

# 39일

묵언하기 전처럼 외출이 잦아졌다.
묵언 초기와 다르게
전혀 불편함 없이 잘 다닌다.

나는 내가 어느 정도
묵언에 도통해서 그런 줄만 알았다.

순전히 사회와 주변 사람들,
가족의 배려 덕분인 것을……

여전히 어리석다.

'말 한마디에 천 냥 빚도 갚는다.'라는 속담이 있다. 말을 잘한다고 하면 현란한 말솜씨와 기교를 떠올리지만 말을 잘한다는 것은 말의 진정성에 있다. 말은 기교 이전에 마음인 것 같다. 가슴에 울림을 주는 말들은 현란한 기교가 있는 말이 아닌 진정성이 담긴 묵직한 말임을 경험을 통해 피부로 알고 있다.

대화를 하다보면 상대방이 꽉 막혀서 도무지 대화가 되지 않을 때가 있다. 상대방이 답답하게 하는 데에는 다 그만한 이유가 있다. 이때는 상대방이 왜 꽉 막혔는지를 먼저 생각해봐야 한다. 내가 꽉 막힌 것은 아닌가도 돌아보아야 한다. 어쩌면 내가 답답한 사람일 수 있다. 역지사지라는 말이 왜 지금까지 울림이 있는지 알겠다.



대화는 상대방의 마음을 여는 일이다.
상대방의 마음을 열고 싶으면
내 마음부터 열어야 한다.
나부터 솔직한 속내를 드러내면
상대방도 그 마음에 화답할 것이라는
평범한 진리를 다시금 깨닫는다.

默言

40
일

프린터기에 잉크가 떨어져서 잉크를 사러 갔는데
찾는 잉크가 없었다.

직원에게 손짓 발짓을 하니
잉크를 찾는 것부터
계산까지 정말 친절하게 해주었다.

세상은
아직 따뜻하다.

어떻게 사는 것이 잘사는 것일까?

기본도 못하면서
겉멋만 든 사람을 많이 본다.
세상을 거창하고 대단하게 사는 것보다
경우 있게 살아야 하지 않을까.

'답게' 산다는 것이 살아가는 데 있어서 중요한 것 같다.

학생은 학생답게 부모는 부모답게…….

그런데 대부분의 사람들은

'답게' 살면 손해만 본다고 생각하는 것 같다.

하지만 그것은 마치 도둑놈이 돈을 더 편하게 많이 버니까

'나도 도둑질을 해야겠다.'라고 생각하는 것과

별반 다르지 않다.

각자 '답게'만 살아간다면

최소한 지금보다 세상은 더 아름다워질 것 같다.

默言

# 41
## 일

친구가 힘들어한다.

말도 못하는 놈한테 찾아와서 힘들단다.
내가 해줄 수 있는 건 그저 들어주는 것밖에 없었다.
위로해주지 못한 게 못내 미안했다.

그나마 헤어지기 전에 손을 꼭 잡아줬다.
친구가 갑자기 눈물을 쏟았다.
다 큰 어른 둘이
손을 잡고 그렇게 한참을 울었다.

다른 어른들이
손을 잡고 그렇게
한참을 울었다

## 다시 일어설 수 있을까?

깨질 대로 깨지고
갈 때까지 갔어도
다시 일어설 수 있을까?

세상은 그대로인데
나만 변한 것 같다.

내가 다시 변한다면
세상은 그대로이더라도
나의 오늘은 달라질 것이다.

다시 일어선다.

살아가면서 절실해본 적이 있는 사람이면 알 것이다.
내가 정말로 절실해지면 주변 사람이 미워진다.
그들이 나에 비해 너무 평화롭고 여유 있어
보이기 때문이다.

하지만 내가 절실하다고 해서 남도 절실한 것은 아니다.
그러니 심장이 터질 정도로 절실하더라도
짐짓 여유를 찾아야 한다.

그 여유가
절실함을 해소해줄 열쇠가 되기도 하니.

내가 절실하다고 해서

남도 절실한 것은 아니다.

우여곡절이 많은 게 인생이다.

좋을 때가 있으면 좋지 않을 때도 있는 법.

그러나 얄궂게도 좋았던 기억은 금방 지나가고

나쁜 기억은 오래 남는다.

하지만

시간은 흐른다.

늦거나 빠르거나의 문제일 뿐.

올 것은 오고

갈 것은 간다.

어차피 지나가고 잊힐 것이라면

죽어라 용쓰며 살아갈 필요가 있을까?


이 또한 지나가리라.

默言

# 42일

'이제 곧 개강인데 어떻게 하지?'
현실적으로 묵언을 계속할 수 없다.
묵언을 그만두어야 하나?
나도 모르게 묵언의 묘미에 빠졌는지
그만두고 싶지 않다.
어떻게 해야 하지?
생각이 복잡해진다.

야구에서 3할을 치면 매우 잘 치는 타자에 속한다.

3할인즉 열 번 나와서 세 번의 안타를 치는 것이다.

그런데 우리는 살면서 매번 안타만 치려고 한다.

살면서 3할만 쳐도 잘 치는 것이다.



세상은 어떻게 시작되었을까?

인류의 근원은 무엇일까?

우주의 원리는 무엇일까?


물음이란 새로운 도전이고 시작인 줄만 알았는데

사실은 정리하는 길이라는 것을 깨달았다.

우리의 삶에 정답이 있을까?

정답이란 말은 절대적 개념이다. 과연 우리 삶에 절대적 옳음이 얼마나 될까?

정답만을 추구하며 삶을 살아갈 수는 없다. 다만 삶의 지점마다 해답은 찾을 수 있다. 정답을 찾으며 살기보다 해답을 구하며 사는 것이 지혜로운 삶이다.

默言 **마지막 날**

묵언 마지막 날이다.
묵언을 계속하고 싶은데 내일이 개강이다.
아쉽다.
그래도 먹고는 살아야지.

언제 어디서 누구에게도

부끄럽지 않을 말을 건네고 싶다.

강의 첫 시간에 학생들에게 먼저 손을 내민다. 먼저 손을 내민다는 것은 먼저 말을 건다는 의미도 있다. 학생들도 처음에는 어색해하다가 내민 손을 마주 잡는다. 누구나 처음은 어색하게 마련이다. 지금 내 곁에 있는 소중한 사람도 다 첫 만남이 있었고, 둘 중 누군가는 먼저 손을 내밀었기에 지금 소중한 인연으로 옆에 있는 것이다. 사람을 얻는 것은 의외로 단순하다.

둘 중 누군가는 먼저 손을 내밀었기에
지금 소중한 인연으로 옆에 있는 것이다.

# 말, 다시 시작하다

묵언이 끝나자마자 어머니께 전화를 드렸다.
나이 먹을 대로 먹은 자식의 묵언이
부모님께는 그저 걱정이셨나보다.
아직도 나를 걱정해주시는 부모님이 계시다는 게
감사하다.

묵언을 푼 지 얼마나 되었다고
그동안 말하지 못한 것에 대한 한풀이라도 하듯이
점점 떠버리가 되어 간다.

나의 묵언이 지인들에게는 호기심거리였나보다.
묻고, 묻고 또 묻는다.
나의 경험이 제대로 전달되기를 바랄 뿐이다.

앞으로 시간을 많이 내서
이번보다 더 오래 묵언을 해보고 싶다.
이것도 욕심인가.

기분 좋았던 경험과 기억이 사라지기 전에
활자로 남기고 싶었다.
민낯의 내 모습이 한없이 부끄러울지라도.

묵언
노트

204

묵언
노트

묵언
노트

묵언
노트

207

묵언
노트

묵언
노트

묵언
노트

묵언
노트

편석환 교수의
# 나는 오늘부터 말을 하지 않기로 했다

| | |
|---|---|
| **초판 1쇄 발행** | 2015년 6월 22일 |
| **개정판 1쇄 발행** | 2024년 8월 10일 |
| **지은이** | 편석환 |
| **펴낸이** | 신민식 |
| **펴낸곳** | 가디언 |
| **출판등록** | 제2010-000113호 |
| **주소** | 서울시 마포구 토정로 222 한국출판콘텐츠센터 419호 |
| **전화** | 02-332-4103 |
| **팩스** | 02-332-4111 |
| **이메일** | gadian7@naver.com |
| **종이** | 월드페이퍼(주) |
| **인쇄 제본** | (주)상지사P&B |
| **ISBN** | 979-11-6778-126-0 (03810) |